KB122702

도마시장

도마시장

박재홍 시집

개미

헛헛한 마음에 들린 시장에서
복받치는 눈물의 이미지들이 되
살아났다.
　도마시장, 그곳은 생명의 난전
亂廛이었다. 눈길이 만나져도 보듬
고 생명이 잉태되는, 하나의 인
력, 하나의 자전과 공전이 있는
태양계처럼 존재하는 기억이고
오늘이고 내일이다.

박재홍

도마시장
차례

시인의 마음 005

I

도마시장 1 014
도마시장 2 015
도마시장 3 016
도마시장 4 017
도마시장 5 018
도마시장 6 019
도마시장 7 020
도마시장 8 021
도마시장 9 022
도마시장 10 023
도마시장 11 024
도마시장 12 025
도마시장 13 026
도마시장14 027
도마시장 15 028
도마시장 16 029
도마시장 17 030

도마시장 18 032

도마시장 19 033

도마시장 20 034

도마시장 21 035

도마시장 22 036

도마시장 23 038

도마시장 24 040

도마시장 25 041

도마시장 26 043

도마시장 27 045

도마시장 28 046

II

송광사 일주문 048

가족 050

봄날은 051

고향에 가지 못하는 마음 052

마흔 해 053

2014 첫 매화 054

III

송광사 소묘 056

반추 057

올무 놓는 소셜리스트 058

화엄 059

들숨과 날숨 060

어깨를 내어줄 때로 061

IV

나비 1 064

나비 2 065

실종된 아들을 찾던 아버지의 죽음 066

볼떼기찜 067

폭풍이 오는 날의 독백 068

고향은 회귀성이다 069

관심 070

오동도는 섬이 아니다 071

떡국 072

치영이 졸업을 보며 073

흐르는 강은 얼지 않는다 074

떠나는 자들이 연어처럼 돌아온다 075

스무디 같은 첫눈이 오던 날 076

귀가 077

달무리 1 078

감기 079

V

쓸쓸한 시작 082

머잖아 다녀갈 당신 083

멈춰진 시간 속의 사랑 084

야화 085

냉이무침 086

서설로 누워 087

부족한 사랑이 서럽고 미안해서 088

사랑에 빠진 날 089

인연은 그렇다 090

사랑은 까치밥이다 092

고백 094

물그림자에 저미는 사랑을 보았네 095

봄은 첫사랑이다 096

보내는 마음 097

VI

도마시장 29 100

도마시장 30 101

도마시장 31 103

도마시장 32 104

도마시장 33 106

도마시장 34 107

도마시장 35 108

도마시장 36   110

도마시장 37   111

도마시장 38   113

도마시장 39   114

도마시장 40   115

도마시장 41   116

도마시장 42   117

도마시장 43   118

도마시장 44   119

도마시장 45   120

도마시장 46   121

도마시장 47   122

도마시장 48   124

도마시장 49   125

도마시장 50   126

도마시장 51   127

도마시장 52   128

도마시장 53   129

도마시장 54   130

도마시장 55   131

도마시장 56   132

발문 _ 김래호   133

해설 _ 박덕규   137

I

도마시장 1

벼랑 끝에서 한 사람을
만나보면, 여운이
오래 갑니다

이맘때쯤이면 냉이향
가득하겠다 싶을 때,

굵은 시절의 괭이 가득한
손바닥을 가진 주인이 있는
도마시장 곰국집
사람마다 깊은 정담
봄물처럼
만나지겠다

도마시장 2

들어보셔요 가장 허기진
노천에서 국밥 한 그릇
팥죽 한 그릇이 지금
우리의 현재를 키워 놓은 DNA라면
찾아봐야죠 연어처럼

우리가 골목상권을 찾아보는 것
분유 먹고 자랐지만
젖내 그리워 품을 찾는
더듬질이라는
조금은 데면데면하던
어색함의 원근을 회복하는 길,
길은 마을에 닿아 있다던
어느 시인의 말처럼
누구와 함께
그곳에 갈 것인가를
생각해 봅니다

도마시장 3

쓸쓸함은 어둠 속을
응시하는 것이다
낯익은 관계 속의 함정은
신의 덫

해오라기빛 하늘에
한 사람을
그릴 수 있을 때
낯익은 노래가사처럼
다가오는
시장에서만 볼 수 있는
얼굴 가뭇한 파마머리
가슴 타도록 주름진 손등에
지는 낙숫물은
비가 아니다 눈물이다

도마시장 4

슬퍼하지 마요 꿈꾸듯 오늘을 사는
자취를 지우는 바람에게
물어도 입술 꼭 깨문 홍매처럼
내밀함을 열어주진 마셔요

겨울 허공에 공후인처럼 우는
당신의 등을 보는 것
이 땅의 질긴 오늘을 살아가는
누가 있어 함께 하자고
손을 내어밀까요

도마시장 5

가슴께 차오르는 물질 사이
새 두엇 날자
소화 안 되어 가슴을 치던 어미처럼
벌교 포교당 종이 울고요

겨울 풍경처럼 남은 까치밥을
흔들던 부려진 삶이
대목 오일장 다리를 끌며
돌이키는 발걸음

하,

아이들 얼굴 구두코 위로 엉그는데
도마시장 사람들이
가족 되네요

도마시장 6

우리가 사는 곳이 난전입니다
가는 길이 버거운 외길 갈마동 지나 도마동
허물어지는 것들이 인심뿐이랍디까

살아온 날보다 살아갈 날들이 많은
사람들을 위한 작은 몸짓의 시작
우리의 자궁 같은 시장이었을 뿐

노래는 육자배기처럼 삼삼하게
가는 데마다 있고요 시절의 시린
몸짓은 곳곳에 있으니

신명이 있는 한 쥐똥나무에 숨은
개똥지빠귀처럼 길 잘못든 것처럼
울어에여 볼랍니다
같이 살려 보드라고요

도마시장 7

기꺼움을 아십니까 사람과 사람이
꽃이 되어 언약을 하는 세심洗心 같은
시장 안에서 손을 마주 잡는
우수 같은 웃음을 얹는데,

팥죽 한 그릇에 어머니, 귀가 크고, 웃음이 맑은 사람
이
될게요 그래서 더 이름 모를 풀꽃 같은
당신들의 쉬운 표현이 되어
눈발처럼 다가서며

진정한 한 사내가 보이는 시장 한 귀퉁이
민심을 만나려고 찾아왔습니다

도마시장 8

아침에 펫북을 열자 초콜릿이
보인다 마음의 시작은 같은데
세대와 시장市場이 달라졌다

오늘 누군가를 향하는
마음이 있는 자는
시장을 향해 나서시라

두려워 열지 못하는 이들을 향해
볼륨 있는 거래를 하시라
복수초처럼 언발을 녹이듯이
가장 낮은 곳을 향하여
눈물을 훔칠 수 있도록

도마시장 9

비탈에 검은 사내의 등은 겨울산을 닮았다
리어카를 끌던 아비의 땀처럼
시작은 불안한 오늘의 수액을 드러낸다

좀 더 나은 오늘은 연잎 대궁을 지나는
바람이다 도마시장 지나 중리시장으로
날마다 바람은 분다

조금은 더 나은 내일을 꿈꾸는
마을 어귀에 시장은 선다

오늘은 무엇으로 좌전을 벌일까

도마시장 10

'나중에 이리 업어줄 거냐
우리 막둥이?'
마흔 지날 즈음 생각날 때마다 입에 담을 수도 없어
화단에 헛기침을 뱉는다

문득 하늘의 새떼 묵어 소리에 놀라 날고
강들은 산야의 얼음진 마음 속으로
봄물처럼 흐르고 매년 중교통 다리 위로
재래종 수선화 보고 싶어 향한다

쓸쓸한 것이 겨우내 속으로만 삭인 튼튼한 뿌리에
견줄 바는 아니지만 그래도 시장에 가면
어머니 목소리가 들려 무언가를 사게 된다

도마시장 11
— 봄의 랩소디

죽고 싶었습니다 가변의 동선이 주는
상아 가득한 코끼리 무덤 앞에
그리워하다 멈춰버린 망부석 발치 끝
금잔디 가득하고요

개울가 풀꽃반지 약속을 기억하는 듯
찌처럼 흔들리며 계절의 운율로
찾아오는 랩소디 인 블루

도마시장 12
― 참꼬막과 참이슬

흐르는 물에 박박 서로를
부둥켜 안아야 해금이
될 것 같아, 사랑은 그렇게
끓는 물에 두려워하지 않고
뛰어들어 한쪽으로만
살짝 저어 끈 불길에
건져내어 껍질을 까면
비로소 짭쪼롬하게 젖은
눈망울 같은 꼬막에
간수 빠진 참이슬
첫잔 따르는 중에
향연의 북소리로
우는 곳

도마시장 13
— 보름

잡티가 들어갔다 바람을 마주한다
맑은 이슬 한 방울 기억처럼 흘러내린다
보름 액맥이처럼
어머니가 불어 주시던 입김이 가물거린다
대목장을 향해 한숨을 쉬던 날부터
나는 보름을 아팠다
달뜨는 시간부터 제일 먼저 더위를 사주시던 어머니
웃으며 그 여름 뜨거운 열사의 고통도 마다않고
사주시던 모습이 지금은 멀다
달무리진 봉당 위로 들어선 발걸음에
"왔냐, 밥은 먹었냐"
물끄러미 들여다보던 눈길에
강물을 거슬러 오르는 연어의
미학

도마시장14

녹아버려, 겨울바람에 실린
가녀린 사랑에 눈에 든 들보
하나를 배웅한다

짧은 한낮 볕 잘 드는
담 밑에서
웃음을 나눌, 한켠
비운다

언젠가는 함께 난전에
꽃비 함께 맞을
봄날을 기다린다

도마시장 15
—초연

김제쯤이었나 청보리밭 기름지단 생각보다
처연함이 머금어지던 것이
겨울의 무게 때문이었다는 것을
사랑이 전무 아니면 전부가 되던
스무 해 뜨겁던 지열,
차가운 겨울 입김을 녹이고
강경 벌판 한귀퉁이 풀섶에
생명이 검불을 열고 나오는 것
흔들릴 때마다 출렁거리는
병 속에 맑은 참이슬
언 강의 봄물같이 흐르는
마흔에도 봄날은 온다 3월쯤에는 자진모리로

도마시장 16
— 춘란

다시는 사랑하지 않으려 하네
바위 뒤에 숨어서
지친 마음만 향 되어 바람으로
보내려 하네,
엄동의 계절을 기억의 그늘 밑에서
하염없어도
발치 끝 그네처럼 흔들리는 마음

다시는 사랑하지 않으려 하네
대궁이 비어지면 소리가 나,
바람도 휘파람을 불지
언젠가 그 사람 내 앞에 오거든
동박새에 밟힌
홑동백처럼 목을 꺾으며
헐거운 옷을 벗고,
공중에 몸을 부리며 시린 한줌
웃음 건네주고 떠나리

도마시장 17

대전을 사랑하는 마음이 다 같다고 하기엔
피는 꽃들의 얘기가 참 많지요

처음 이야기가 예수는 말구유에서부터 시작하였고
시작은 향해 있는 눈길에 따라 베란다 꽃들이
피는 순서가 달라서 어쩌면 그렇게 강물이 흐르듯
여울지며 흐르는 이야기가 그렇게 예쁜지

그렇다고 피는 꽃들이 어찌 철마다
순서가 없을까마는
때론 이렇듯 난전에서 피는 꽃들이
고울 때도 있답니다

눈길이 어디 한 곳으로만 흐른답디까
금강변에 터를 닦고 사는 사람은
발원지에서 나온 물을 마셔본 사람이라면
장場 서는 오늘이 바로 난전

사람 사는 곳에는 필요한 이야기를 하는 쟁기꾼들이 틔운
　시장이고, 그곳이 바로 세대 없는 봄물입니다

도마시장 18
― 발화점

시작하는 사람을 보셔요
신발 끈을 고쳐 매고 시선을 고정시키지요
누군가를 향한 마음의 시작이
선혈처럼 맺히려면
마음을 다잡고 또 확인해야 합니다

아침에 들에 나가는 사람을 보세요
연장을 거꾸로 들고
더 깊숙하게 더 단단하게 자신의 몸속에 파묻히도록
자신의 마지막을 두드립니다

오늘 시장 앞에서 누군가를 사랑하는
마음이 생기거든
당신은 어떻게 하시겠습니까

도마시장 19

산조에 몸을 실어 본다 말 못하는 고북 속 적막
이른 매화꽃 몇 숭어리 몸을 부리고,
달무리처럼 번지는 눈물이
시장 한켠 이른 쑥 한 접시 파는 할머니의
새참 쑥버믈 위로 향해 있다
떠나온 길이 너무 멀어서
어미 눈 속에 출렁거리던 바다를 보지 못했다
땀이 흠씬 배인 등허리를 타고
학교를 갈 때도 몰랐다
아프다고 출근을 막는 아이의 칭얼댐에
비로소 알았다 늦은 저녁 파장을 향해 가던
어머니의 마음을 불혹을 넘긴
어느 한날
만났다

도마시장 20

기대어 서야 사람이다 불안한 현실이 산비탈에서
무언가를 향한 해갈되지 않는 타는 목마름
누가 있어 한 바가지의 물을 길어 줄 것인가

시장 초입에서 만난 사람마다 근육질의 겨울을 만나고
괭이가 박인 손 억세게 잡을 때마다
스스로 척박한 이 땅 위에 시작임을 안다

사람마다 건네는 웃음이 비장한 각오의 바람이라는 것
을
안다. 춘분처럼 열리는 새로운 시절을 위해
영육이 무릎걸음으로 섬겨야 할 시작이
도마시장이다

도마시장 21

기다리는 것은 겨울 철새가 언 강 속을 헤집는 발처럼
더딥니다 무언가를 향한 해갈되지 않는
갈증을 토대로 흐르는 강은 얼지 않아서
겨울 강 밑을 훑는 부리처럼
우리는 깨문 입술 사이로 조금씩 조금씩 점진적으로
희망을 향한 구호가 되어 나가는 아아
아침이 오는 미명 아래에 삼삼오오 모여
군무를 이루는 독도는 우리땅 플래시몹처럼
그렇게 만나는 또 다른 시장 앞에서
헐거운 등에서 흘러내리는 땀을 훔치며
손을 붙잡는 하루를 기다리고 있습니다

도마시장 22

겨울이 싫었어 늘 반대편의 이야기만 보였지
살아 있다는 거, 한해살이풀 같아
아침이면 문을 열고 나갈 때마다 처음 같아서
아아 지겨운 오늘을 벗어버리고 싶어
사람을 만날 때마다 무언가의 렌즈에 포착된
피사체 같은 질감이 하루를 채색해
벼랑에 머리를 기대며 속으로만 참는 울음을
수묵담채로 담고는 하지

사랑은 여름날의 반딧불처럼 나풀거리고
나를 닮은 아이의 엷은 웃음에 번지는 눈물처럼
그렇게 더운 입김의 여름밤을 지나치지
그 뜨거운 여름이 흘리는 듯한
체혈된 혈액을 담은 병이 세 개 치미는 나의
한계에 멋쩍은 웃음을 날리고
겨울이 싫었어 지키지 못할 변명의 벽 같아서
다시는 내 한켠을 비우고 싶지 않은
그런 날,

선짓국이라도 꾹꾹 눌러 먹이고 싶은

하오下午

도마시장 23
— 대폿집 문 열고

가시내야 달큰한 막걸리 같다
주막에 옆에 놓인 양은 뚜껑 같은 자국의
가시내야 너는
비밀도 많이 알지, 내 치부의 외상장부까지도
석류처럼 꽉찬 네 속을 훤히 아는 나도
참 부질없지 더듬거리는 밤에
지린 자국처럼 비밀한 밤꽃 냄새
떠나는 날에 유독 비는 나리고
싸구려 주막에 흘러드는 김광석의 노래가
앞을 가리는 소낙비 같아
벽에 띄엄띄엄 옮겨 적는 주소 같은
일기가 아아 일기가
가시내야 사뭇 갈대숲에 숨어드는 소쩍새 같은
허멀건 엉덩이가 천공에 매달려 아쉬운
아아 아쉬워 내려앉은
벚꽃 어지러운 날 총각무 잘근거리며
주전자를 흔들 때 내 앞에 꽃무늬로 창포꽃처럼
새초롬히 앉아 젓가락 장단에 무릎베개

떠나간 이유를 묻지 않으마, 기어이 돌아온 이유도
묻지 않으마

도마시장 24

제자리에 선 새는 힘들다 죽어 화사하게 누운
동백림 너머로 푸른 하늘,
도다리 잡으러 나간 어부의 아내는
들에 봄향을 캐고, 해거름진 바닷가 오두막에는
도다리쑥국에 봄을 주고받는다

지금껏 살면서 누군가를 향해
봄을 나눈 적이 있던가
작은 가슴 한켠 비우고
기다린 적이 있던가
처마 밑 풍경처럼 우는 오늘이
공중에 작은 길 하나를 만들고
가없는 하늘 언저리
누군가의 별이 되고자 한다

도마시장 25

보들레르는 랭보를 사랑해 하늘을 향해 가랑이를 벌리
는
나무라는 시를 쓰면서도
질투의 불길에 온몸을 던졌지
겨우내 마른 몸을 들불에 내어놓은
겨울 들녘의 검불처럼, 밤에는 재티 속에서 별처럼
마지막 숨을 쉬며 깜빡거리지

나른한 해질녘 어스름처럼 보이는
연기내음 속에는 한 점의 슬픔도
없다 강가에 치어처럼 모여 있으니
조금 더 깊어진 슬픔이 해금되어지고
입에서 독한 말들이 잠잠해질 때쯤
새싹이 된 몸들이 보시를 하지

쑥, 냉이, 민들레, 돈나물, 돌미나리
헤아릴 수 없는 이름들이
앞다투어 나서고,

시인은 어머니가 해주시던
쑥버무리 생각에 목이 메이고
허기진 봄날은 그냥
등을 보이고 그렇게

도마시장 26

겨울 강 위로 얼비치는 들에 울리는
라흐마니노프 피아노 협주곡 3번을 사랑해
해질녘 산 위에 멈춘 노을은
우정의 선물 같은 것

벽에 기댄 머리 위로 봄볕은
작은 눈물 한 소끔 말리고

안개 자욱한 강가를 거닐은 발자국은
어둠 속으로 사라지는데

그어진 시간 속의 금은 이미
시작이 아닌 끝이다

모습을 감추는 산정의 그늘이 강에 이를 즈음을 기해
부를 수 있는 한 사람이 있다면
백초술 한 잔 건네고,

강밑에 잠긴 상처받은 영혼을 향해
어성초 달인 차를 나눌 수 있다면
뜨는 달이며 별은 머무는 곳이 강 속일까
천공일까

꽃비 내린 담벼락 아래, 이른 봄비에
토란잎으로 가리는 빗물 같은
선율이 흔들리는 오늘
차창 위로 빗물이 라흐마니노프 피아노 소리
같은데

도마시장 27
— 좌전 한켠

꽃이 지면서 뭐 할말 없겠어요 이 좋은 날 이 좋은 햇
살 아래에
목을 꺾어야 하는 그 마음이 오죽하겠어요

뼈가 기름이 다 마르고 허기진 하루가 너무도 변화 없
이
중중모리로 시장 한켠 내 자리
차라리 그것은 기쁨이지요 그러면 앉아 있기라도 하지요

공주 구길을 가잖아요 난전 한켠 차지하고 앉아 강 건너
무덤도 보고 다리 아래위로는 강도 보다가
갑자기 하늘 한번 보면 치어가 되고는 하지요

세상에는 주인 없는 꽃들이 참 많아서 보이지 않는 손
길에
힘입어서 어느 것 하나 돌보지 않는 것이 없는
당신의 자리를 비워놓을 테니
사랑 뭐 있나요

도마시장 28

부활절 달걀만 한 게 참 어이없다
세헤라자데 림스키코르샤코프가 들려준
50인의 도둑들 가슴 저리게
바이올린 소리 들으며 피는 사막의
달맞이꽃, 살아온 날보다 살아갈 날이 더 많아서
통곡의 벽을 가르는 목어 소리
잃었던 커피 향만큼 내 속의 울혈을 삭혀서
드디어 봄눈을 틔웠지
묵언을 삼키고 빈 강 위로 글을 쓰는 새들이
얼비치는 하늘빛을 닮은
목숨만큼은 살아남은 자들의 빛
가갸 거겨 가갸거겨

II

송광사 일주문

살다가 억장 무너지는 날이면 한달음에 다다른 송광사
일주문 아래
계단 앞에 이르러 숨을 가누고 서면

첫 댓돌 옆에 세워진 좌측 원숭이 상은
왜 왔냐고 놀리고
우측 해태 상은
가뭄에 큰비 들지 모르니 돌아서란다

숨차게 오른 일주문 위에
먼저 가신 큰스님 편액에 들어 풍채 좋은
문장으로 가르치시고

일주문 지나자 좌측에 백일홍
하늘거리는데 선뜻 눈을 마주치지 못하는 것은
낮달은 심술궂은 노스님처럼
이죽거리며 웃고, 선방 앞 댓돌 위에 고무신
하얗게 질긴 내 서러움처럼 삼키는 중에

백일홍 발치 그늘 아래는 꽃이 핀다

가족

유년의 당산나무를 지나자 천공에 매달린
달은, 뒤집힌 바다가 만선의 배를
공중에 들어올린 듯 출렁거리고

정월에 차오른 날수가 달이 되어
만삭의 달무리를 지탱하는 것처럼
고향은, 가지 않고 되뇌일수록
무엇인가 있다

봄날은

뜨거운 황톳길 위에는 맑은 아카시아 향
그리움도 뒷모습이 있다는 것을 안다
달빛 배웅하는데, 열린 기억의 빗장 사이로
용머리 눈물이 처마 아래로 몸을 던진다

빗방울 토방 위에 풀썩거릴 때마다
봄은 콩고물처럼 뭉쳐지며
코끝을 간질이는데

기둥에 기대어 바라보는 대숲 소리
얼굴 씻기는데
하염없다

고향에 가지 못하는 마음

바지락을 까며 '아따 많이 여물었다잉'
어머니 말씀에 화장을 고친 벌교 앞바다는
자다 말고 바다 냄새 짙었다

허기진 가슴을 쓸어안고
해장을 하는데, 유영하는 바지락만 보아도
바다 위 날선 겨울바람이
베개 깃 사이로
휘파람 소리처럼 운다

꿈이 오지 않는 오늘에서 내일은, 가늠되어지는
유년 기억 속 젖몽울 같은 것
마흔 해 지나 비로소
켜진 포장마차 헐거운 문을 열 듯
마을 어귀 들어서고 있다

마흔 해

봄비에 젖내 나는 것도 아닌데
이른 봄에 깃든 신열이 깊다

일 년에 두어 번
마디마다 아플 때 어릴 적 어머니 사주시던
황도 생각이 절로 나고

춘분 맞은 나무처럼 동지에 가둔 땅밑
물기가 공중에 길을 열고, 여린 갈대순 같은 마음
이미 새순이 아니다

쿨렁거리는 마흔 해가 길다

2014 첫 매화

골목을 돌 때마다 굽이를 세는데
굽이 세 번이면 고향집
봉당 댓돌이다

풀섶에 개구리 춘분 지나
우수 경칩 지나

지리산 지나는 길에 들린
실상사 마당에 큰스님
뒷짐 진 손끝 향한 곳에
매화 한첨,
애틋하게 피었다

봄이 어설프게 웃는다

III

송광사 소묘

선암사 뒤 조계산 자락 송광사에는
백년 훌쩍 넘긴 배롱나무가 사는데,
아직 이른 봄빛에 쓸쓸하게 웃대요

묵은 삶의 무게가 어젯밤 잠결에,
달음질 쳐 산문 밖 조사들
부도탑에 그림자로 어리고

등산로 옆 싸리문 왼쪽 가슴 사이로
수행처이니 방문을 불허한다는
선방 앞, 가지런한 고무신
안으로 향한 것은

서러움이 짙은 세상을 향해
가부좌에 면벽으로 답을 주려나 보다

반추

둔덕에 이름 없는 꽃은 빛은 옳은 쪽으로
굴절을 일으키고, 그리움은 왜곡되어 있었다

도마동 가는 길 신호는 대기 중
액셀러레이터는 오늘처럼 밟힌다

나의 기억은 고산孤山의 직벽直壁에 기대인
이마에 빛나는 태양이 한 해를 열고,

등 뒤에 서슬 푸른 어제가
기억의 잔해 속 반추反芻의 꽃다지에서
아직 이른 봄을 만난다

올무 놓는 소셜리스트

SNS에서 경계가 없는 길은 슬픔이
기름지다
기억의 저편, 하얗거나 헐겁다
40대 후반이 그렇다

소셜 전문가라는 놈은
저 잘못된 길은
뒷걸음질 쳐 발자국을 지우고
발자국을 지우고,

새로운 소문의 공작이 오늘의 불온 속으로
숨을 때를 기해 저 스스로 만든
노루목의 올무는 닫히고,

소셜리스트의 비겁의
일기를 훔쳐보는
새벽은 아직
불야성이다

화엄

산중에 밤은 깊고, 해갈되지 않는 갈증은
길을 열었네

서성이는 중에 작은 종 하나를 주워
흔드니 화엄華嚴이었네
구례 화엄사 인근이었나?

부도탑 위 촘촘히 내리는 솔잎은
경혈 하나를 뚫고 울혈 하나
공중에 사리처럼 내어 놓는다

새벽의 살을 찢고 태양이 떠오를
즈음을 기해

들숨과 날숨

죽지 마라 모든 쓰러질 것을 예감하는 이들이여
김수영 시의 풀이 아니다
정말이지 마디마다 운율로 흐르는 어둔 빗물 위를 스
치는
기적 소리에 푸드덕 나는
새떼가 아니다

드러난 겨울 강 속을 들여다보며
외다리로 지탱하던 시린 하늘이
비로소 계절의 호루라기 같은
바람의 신호음에 날아오르는
겨울 청둥오리 떼

어깨를 내어줄 때로

허락하십시오 이른 겨울비에
마음 한켠

하루를 묵은 다락을 열고 치울 생각을
하기보다는
들이는 연습에 하루가 무겁다

나풀거리며 내 어깨를 빌려 줄 한 사람을
떠올리기가 소중해지는 하루

죽을 때 웃기 위해 매일 연습을 한다던
어느 노시인의 육성처럼
절절한 오늘이 비로 내리는 하오下午

묻습니다

당신,
행복하십니까?

IV

나비 1

타박거리고 가던 길이 있었다
꽃이 흐드러지거나
만신처럼, 시가 출렁거려서도 아니다
한 여자를 만나
사랑하였고,
긴 여정의 간이역을 만나
쉬기도 하였다
조금씩 흔들리는 악상을 정리하며
들어가는 깊은 잠결
날개 한쪽을
접는다

나비 2

꽃들은 고갤 숙이지 않는다

길섶에 물끄러미 쳐다보는
이름모를 그들은
빗방울 소리에
놀라지 않는다

시린 바다에 몸을 던지지 못하는
홑동백은
흐르지 않는 바다를 향해
말을 삼키고

진도 앞바다에 이른 바람이 되어
나비춤을 춘다

실종된 아들을 찾던 아버지의 죽음

사론을 아시나요?

그는 스틱스 강가에 살며
동전 한닢으로 이승과 저승을 이어 주는
사공 아닌가요?

살아온 날수보다 살아갈 날이 많은
아들의 생사를 가름하는
동전 한닢이라면
사론은 어떻게 할까요

진눈깨비 오는 날
선창가에서
술에 취해 쓰러지던 그 사내
디오니소스처럼 슬픈
눈을 하였지요

볼떼기찜

상기된 표정이 흰 살결에
장밋빛으로 살아오는
식당이었을 것이다

우어偶魚의 눈으로
물길을 여는
그해 겨울

사랑은 그리 멀고
그윽하게 대궁을
지날수록

유년을 지나 마흔 해에 이르러
비로소 인연의 나래 깃을
접듯 아파하며 식당을
나선다

폭풍이 오는 날의 독백

물길이 열리고 물그림자 속에는
하늘에 떠다니는 나무의
그늘이 진다

물이랑에 꽃처럼 하늘거리는
바람의 치맛단 사이
고기 두엇 물거품을 일으키고

당신에게 침묵 속에 쿨렁거리는 잔기침
일기예보처럼 숨은 사연 하나를
내어 놓는다

고향은 회귀성이다

점점이 별처럼 흩어진 산수유
산청 어디께쯤 머문 내 사랑이 있을 것이고
바람이 불 때마다 섬진강에 이르러
풀어놓은 이야기들
포구에 매어둔 빈 배처럼
출렁일 것이다

차는 지리산 능선을 너머
고향이 가까워지고
속으로만 참아 울던 목어가 비로소
가슴 밑동에 북처럼 떨리더니

시선을 건네는 것이 인생이
건너간다는 것이라고 차창 밖에서
꽃들의 입을 빌려
말해 주었다

관심

서재에 함께 살던 석창포가 말랐다

풀썩거리는 먼지 같은 마음 한켠
촉촉하게 하더니
서운했나 보다 말없이
말라가는 것을 보니

오동도는 섬이 아니다

여수 오동도였던 것 같애
이맘때 동백 숭어리를 밟고 공중에
몸부리던 새 한 마리
눈물 나게 곱던 순정 같아서

담벼락을 내려서면 바다, 소줏병 두고 온
그곳에서 휘파람 소리가 난다며
허공에 핀 물안개 속 들리던 속삭임
나이 쉰을 바라보는데
하염없네 곱던 그 꽃도
그대로인데

무진無盡이 춤을 추는데,
달이 흔들릴 때마다
나비춤을 보고서 쓰린 가슴에
출렁이는 결들로 잔잔해지며
잠이 드는 바다

떡국

한 그릇 떡국에 눈이 아려본 적 있는가

우려진 국물처럼 선하게 밟히는 눈물,
동네 어귀에 다다른 마음이 마루를 향하고
겨울 저녁 서리 내린 들녘은
마루에 앉아 먼 산을 보는 어머니 머릿결에 깃든
세월 같아서

오늘이 고명같이 앉아서
감사하는데, 그 헛헛함에
마른 나뭇가지 부딪치는
까치 소리로 운다
떡국 한 그릇에

치영이 졸업을 보며

퇴행성관절염 같다 허물어진 것이
뼈만이 아니다 아들아

태어나 처음 눈길을 마주하고 웃었던
그때의 키 작은 생명이 이제는 웃자란
키에 냉소도 띠고 은유와 상징을 홀릴 줄도 아는
봄날의 매화꽃 같은 너의
사랑 가득한 눈길은 철새의 배웅 같다

흐르는 강은 얼지 않는다

진눈깨비 지는 하늘은 병들어 보인다
기다리던 사람들은 돌아가고,
누군가의 기다림 속으로 들어가는 새벽은
언어의 회귀처럼 강밑 훑어 부화된
저린 기억 속으로 들어가는 것이다

삼삼오오 무리지은 치어들은 강을 거슬러 오르고,
아침이 이르기 전에 해갈되지 않은
목마름으로 태양을 맞을 것이다

마르지 않은 황혼을 품고 걷는 것은
유전적 형질이 많다 머물던 기억조차
사라졌다 뒤이어
찬바람에 진눈깨비가 일부 들어오고
그녀가 떠났다

떠나는 자들이 연어처럼 돌아온다

곰삭은 젓갈 없은 뜨거운 밥 한술에
눈물이 난다

기억의 잔해 속에서 눈물을 퍼올리고,
가슴 위로 낙엽 하나 질 때
떠난 사람들의 안부가 궁금한 것은, 포구에 매인
배 같은 마음이어서가 아니다

태풍이 오는데,
늦은 일기예보 같은 소리가 보도 위를
스칠 때면 입동 지나
문풍지 떨 듯 사무치는 것이
바로 오늘

스무디 같은 첫눈이 오던 날

굵은 스무디 같은 진눈깨비
별똥별처럼 차창에 몸을 던지고

먼 하늘 언저리 눈부시게
인생 하나가 시선을 잡는
날이면, 날마다 새롭다는 생각보다는
살아온 날수의 뒤안이
서슬 푸르게 일어나 비탈진 산을 오르고

이른 여우비 사이의
해갈되지 않은 사내의 미소가
젖은 낙엽 같아서
검은 등을 보이며 겨울 산비탈 초입에
서 있는 가문비나무 한 그루로
섧게 서 있는데

귀가

나뭇잎, 부산하게 떨어질 때마다
줄지어 선 포장마차 불이 켜졌고
어깨를 기댄 채 걷는 연인처럼
각기 다른 생각이 걸음을 재촉하는
굴뚝새로 날아올라 굴뚝을 향해 있다

날이 추워졌다 바람이 달라졌고
해거름에 모두들 움츠러든다

이르지 않은 그리움이 강기슭을 더듬고
오늘처럼 궂은 날이면
눈길만 건네도 좋다 춥지는 않을 테니

달무리 1

김이 되려면 파래는 수없이
바람과 풍랑에
자신을 자맥질하여야 하고, 택함 받기까지

그 누구의 백성도 아닌 유리된 자유
천천히 때를 기다리는 중에는
달맞이꽃 같은 소슬함으로도 쓸쓸하지 않다

달을 품은 달항아리
깊숙하게 침잠된 한숨만으로
보듬을 줄 아는 여유

감기

아이 몸이 여름날의 산정山頂의 그늘처럼
고열이 오르내리고,

말없이 받아들이는 마음이
미안하다

한 번쯤 되돌아보았다면,
쉬게 두었다면,
꿈길처럼 아침을 맞으며 물 한 잔에
허기진 오늘이 시작되지
않았을 것을

V

쓸쓸한 시작

대청댐 언저리 차창 밖에는 작은 별들
두어 개 부스러져 있었다

잃어버린 것은 기억만 아니라
그 아이, 선율처럼 치받는
낙숫물 같지만

주차장에는 기다림이 있다
천공에 이른 달을 매달며
목어 우는 수덕사에서 물 한 모금 나누어 마신 것이
인연,

비 오는 거리에 부를 이름이 없어져
헐거운 어느 한낮
소낙비처럼 만나
깊은 어깨를 나누었네

머잖아 다녀갈 당신

당혜 끝이 구멍 나려나 찾다 주저앉은 자리에
비 한 소끔 쏟으면 봄 들녘 하늬바람 되어
보리밭 머릿결 쓰다듬고서

눈길 열어 보리싹 무리지어 흔들리는 결이
물질하듯이 찰랑거리며 원근이 삭제된
그림처럼 살포시 잠결에 다녀가시려나

조금은 상기된 볼이
터지는 실핏줄 같은 기다림으로 나는
몸살 앓기 전에 이 봄이 다하기 전에
당신 기다리는데

멈춰진 시간 속의 사랑

쌓인 장독대의 눈 저도 모르게 내어민 손에
물기 없이 건너오는 기억,
사랑만큼 깊다

헤어지는 것들이 철마다 꽃이 아니다
말없이 기다리는 나의 사랑,

풍장 치른 마른 뼈를 고이 빻아
정화수 대신 서설瑞雪로 진설해 놓고

기다리지 마라
기다리지 마라
모든 헐거운 것들은
멈춰진 시간이고 바람이어서
미련이다

야화

담벼락 아래 그림자에 놀이, 숨은 사랑들은
속삭인다, 사랑은 붉거나 화려하다는 말은
거짓말이다

조금씩 벽이 되어서 조금씩 모호하게 가까이
할 수밖에 없는 휘청거림,

달이 구름을 밀치고 나와야
비로소 개화開花되는
달맞이꽃,

무성無聲의 오늘이 입술을
꼭 깨문다
담그림자 속에는 검은 꽃이다

냉이무침

동학사 인근의 봄은, 채워지는 것이 아니라
잃어가는 것이다

강물의 결이 멈추지 않듯이
누군가는 그렇게
배웅처럼 익숙해지는 것이라고,

봄나물처럼 쓰린 맛의
사랑이 가르쳐 주었다

서설로 누워

사부작거리지 마요 살짝 온 빗물 위로 얹은
당신의 발자국, 동박새 같단 생각을 해요

선홍빛 춘장대 나뭇잎 사이로 마지막
춘정의 울혈을 토하며 지는
선운산 홑동백처럼 살폿하던
당신

신새벽 보도 위에 누운 낙엽인양
눈을 감아요 함부로 밟지 말라던
기억, 가물가물한 노선사
시구詩句처럼 아직
내 마음이 그래요

부족한 사랑이 서럽고 미안해서

아이 눈을 들여다보면
가창오리 떼 군무의 그늘이 보이고
헝가리 랩소디 같은 운율로 바람은
십대의 산란을 보이는데

눈물이 젖어 들어요 나지막하게 숙인 산은
봄눈 나는 가지 끝에 눈물을 떨어뜨리고
기다리는 애비 펭귄이 품은 알 같은
오늘이 절로 한숨이 나는 걸 보면
아직 미흡한 모양이에요 저의
사랑이

사랑에 빠진 날

끊긴 기차를 바라보는 시선은 8시
장항이었나, 철로에 지나치는 바람을
등진 거리는 쓸쓸하다

술에 취한 꿈들이 너부러져 있던
항구에서 바다를 등에 업고 오는 사내는
빈병처럼 가볍다
흐릿한 기억의 더듬이로 찾아간
너의 방문 앞에서 활처럼 몸을 휘며
문고리를 잡고 쓰러지던
그날

인연은 그렇다

풀잎들이 바람을 향해 몸을 맡기지 않고 엎드릴 무렵
이었을 것이다

천자문을 갓 뗀 아홉 살 아이가
둔덕 아래 몸을 숨기고 은밀하게 치자꽃 향을 맡을 무
렵
슬픔은 여물은 치자처럼 단단해졌다

발치 끝 이른 쑥이 자라고 깊어진 눈길에
이름 모를 새싹이 돋는 것처럼

기억은 자라 소멸되어지는 쓰린
시간과도 같은 것,
소멸시효는 없다

죽도록 사랑하다 죽어버려라고
바다 위에 사그라지는 진눈깨비처럼
자지러지는 마음의 헛헛함이

아이를 배웅하고 나면
달이 차고 이지러지는 것처럼 우리들의
소멸시효는 공소시효보다 길다

사랑은 까치밥이다

물컹한 사랑을 왜 잎 없는 나무에서 찾는가

대봉이 매달려 무서리에 얼굴 하얗게 질린 것이
계절에 매달린 햇살처럼 안쓰러운데
물길 너머 그리움이 참 멀다

조락한 사람의 계절에 조금은 낯선 옷깃을 여미는 계
절을
안단테로 흐르며 등짐을 진 게처럼 하루를 사는데
발자국 없는 모래사장에 거품만 남는 것이 헛헛하게
살아온 날수라고 이름한다면
그 사랑이
참 멀다 가기도 힘들다

당신이 물길 너머 선몽先夢처럼 달려와
숨가쁘게 있었던 그리움을 들려준다면
애기한다면 고개를 주억거리며
까치밥처럼, 숨겨둔 가슴속에 묵은

사랑을 내어놓겠다

고백

칠흑 같은 밤 다녀가셨군요
젖은 잎마다 향이 어려 밤잠을 설치고,
수줍어 돌려보낸 달도 없는데

발길을 지우며 떠나가신 등 뒤로 브람스 선율 같은
짙은 카키색 커피 향을 만나고

당신은 빈 허공에 내려오시며 눈길 속에
길을 만들고 계십니다

밤마다 열어 놓은 창으로 도둑처럼 오시는 당신,
물길처럼 부드럽게 오실 때를 기해
꿈결처럼 그 길을 걸어
제가 이르는 날에도 문 앞에 당신일 거지요

물그림자에 저미는 사랑을 보았네

길을 걷다가 노래 한 소절 생각나는 것도
인연이 닿아 가지치기를 하는 거라고,
달 뜬 공중에 서 있는 숨길을 보며
생각했답니다

물길이 그저 흐르는 것이 아니라
닿는 강기슭에 당신이 있다는 것만으로도
살아온 날보다 살아갈 날이 행복했다고,

가을 언저리 볕 좋은 날
차가워진 바람이 시詩가 될 때
눈보라 치는 함박집 깨진 유리문 사이로
길게 늘어진 당신의 그림자에
벌떡 일어선 내 모습
눈물겨운 인연의 타래를
보았답니다
당신을 보았답니다

봄은 첫사랑이다

의식과 무의식의 경계에 꽃이 핀다
60년에 한번,

대나무 꽃처럼 선명한 부끄러움

눈 쌓인 쥐똥나무 향 속에는
긴 생머리 소녀가 살고 있는데,
첫사랑 속에는 누구나,

깊은 인두 자국처럼
화인을 안고, 사람이 산다

보내는 마음

닿는 살갗이 아프다 허공은

온전한 성음이 닿기까지 나의 고백은 바람이다
눈길이 머무는 까닭은 기대던 담벼락에
깨금발을 하고 섰다가 눈사람처럼 사라졌다

햇살이 비껴선 한 뼘 공간에 숨은 체온은
목숨의 결이 만져지는데,

겨울 강둑에서 기다리던 사람이 자꾸 살아나오는 것은
묵시의 검은 기도가 만든 가지에
지난 세월의 비늘이 앉아 삭정이 된 것을 알기에
마을 어귀 당신의 모습이 가물거리기까지
당산나무가 되어 서 있다

VI

도마시장 29
— 지기

사랑하는 게 물방울 같아서
토란잎 위에 자국도 없이 구르다 아픔도
제 속으로만 삼키고 구르다
공중에 몸을 부리는 물방울 같아서
머리 위의 햇살 해살거리는 도마시장 발등 위의
무지개로 앉는데 백척간두에 기댈 곳이 없으니
오늘을 산마루에 앉아 탁발가 한 소절
웅얼거리고 싶다
백척간두진일보百尺竿頭進一步, 시방세계현전신時房世界
現前身

도마시장 30

건너지 마요, 태양을 삼키지 못한
불새는 구름을 흔들고 말았다
무척 멀리 걸어온 시절의 늪
우포 어디쯤 물그늘 속으로 사라져
이름도 고향도 잊어버린 채 아아, 약속한 손가락은
어긋난 뼈마디의 음계를 잡고 기다리는가
망설이는가? 이제는 허접한 허공에
날개깃을 접고 접신한 물길 속에 길을 내는데
마음이 지난 길의 버거운 깃대를
지우고 있다

그렇지 않아도 내 속에 작은 길을 내고 있다
멀지 않은 그길
어딘가 외암리 마을 어디쯤
맑은 당산나무 아래
바람도 조용한 그 길에 오백 년 전
새 한 마리 향나무를 모으고
재단을 삼아 불을 붙이고 있다

아기 새 한 마리 불길 속에서
걸어 나오고
저녁 어스름 속으로 등을 보이며
길을 나선다

도마시장 31
— 수장고

아르헨티나에서 온 예순된 무희의 플라밍고
산의 소로를 걸어 나비춤을 추며
하이힐을 신고 자기 소리에 취해
하염없이 앵글 속을 거닐며 풍경처럼 흔들리는 것

사진쟁이 나목, 구절초 같은 고집 센 계집아이
두 번은 촬영하지 않는 미학의 접신
살구꽃 만개를 건네는 늙은 서예가 발묵의 하늘

수장고 속에 숨어서 꿈꾸는 전라의 조소 여인상의
잠을 깨우고 왔다 섬을 떠나는 배처럼
앞만 보고 오기가 서러워서
자꾸 하늘만 바라보고 사랑을 참아내련다
어느 흐드러진 봄날

도마시장 32

기다려요 한밭벌에 불편한 게 바로 보이는 날
살면서 살면서 설운 사람들 가슴이 나누어지고
더듬는 손길에 느릿한 여운의 진부한 안단테
조금씩 낮은 둔덕에 피는 쑥부쟁이처럼
힘없는 시장 사람들을 웃겨주는 권위
달 뜨면 둔봉샘 달큰한 약수를 한 바가지 건네주는
인심을 잘 키워줄 수 있는
가슴 따뜻한 사람들의 얘기를,
키 크지 않아도 돼요 운동 잘 하지 않아도 돼요
귀 크게 열고 말 적게 하고
약속 쉽게 안 하고 얄팍한 수 안 쓰고
아사달 아사녀처럼 만나고 헤어지는 게
애절하지 않아도 돼요
지친 인심에 막걸리 한잔 건네고
봄 산의 기운처럼 어쩌지 못하는 젊은이들에게
들려줄 이야기 많은 사람을
이 봄 지나고 여름 가을 지나고
동지 지나 새로운 봄을 맞이하는 그날에

참은 입술을 열고 말할래요
사랑한다고 진정 당신을 좋아했다고 아니
앞으로도 지치지 말고 난전에서 만났던 것을
도마시장 지나 갈마동
이를 때쯤을 기해 하늘에서
물 한 바가지 쏟아지네요

도마시장 33

쓸쓸한 것이 시장 안, 어둠이 잠들지 못하는
지전에 힘쓸린 바람이 주름진 손등 아래
괭이, 삭정 같은 오늘이
조금 전 지나갔다

늙은 순례자는
시들은 야채가게를 전전하며
허기진 눈동자

샛별은 잠들지 않고
낮달을 기다리고
쓰린 노동은 간헐천처럼
가래를 뱉어내고
조금씩 조금씩 희망을
나눈다

도마시장 34
— 일출

    갑오년 벽에 머리를 기대고, 가만히 전해지는 꽃들의
함성을 듣는다
    한 해의 처음을 여는 것은 타종도 아니고 일출도 아니
다 작은
    리어카 위에 태양이 얹어질
    무렵이다 아니다 아니다 검게 그을린 나무들이 군상이
되어 산을 오르고,
    시린 민초의 마음을 닮은 등을 보이며 겨울 산을 오르
는
    비탈진 능선에 서럽도록 허기진 삶의 무게에 대한
    고해성사 같은 오늘이 '늘 오늘만 같아라'라고
    속삭이는 침묵의 고운 결 같은 고백이다
    약속이다 속으로 흐르는 저만의 다짐이다

도마시장 35

카메라가 보이지 않는다 아직 새벽 네 시
골목마다 지나친 바퀴 자국은
지워질 것이다 그 위에 다음날의 그
자국이 덧칠될 테니까 그리움은 늘 덧칠된다
굽힌 허리를 펼 때마다 진눈깨비가 내리고
곧추서는 고갯짓에 먼 바다가
멀미를 하는데, 채
다섯 시를 넘지 못하는 괘종시계는
두부 장사의 새벽 배달시간에
소스라치게 놀라며 우는데
어디선가 분신 소식이 들리고,
흩날리는 신문쪼가리는
누군가의 허름한 추위를 덮을 것이다
사랑은 그 자리에 민들레처럼
홀씨가 되어 퍼지고
누군가의 무덤에 포자처럼 앉아
쓰린 상처를 핥듯이
공중을 걸어올라 풍경을 달 것이다

나의 죽음을 잊지 말라고
누군가의 이름을 기억하기 위해
소금이 된 것뿐이니,
괘념치 말라고

도마시장 36

새들의 행보는 점점이 이어진 발묵이다
노을을 배경으로 한 이야기는
저문 강에 담긴 산의 발치 끝 그림자 같은 것
시장 안은 온통 횡횡하는
하루의 버거운 이야기가 문수 없는
벙거지 신발 같아서 살아갈 날수가
발바닥에 문양석같이 박인 꽹이
서성이는, 늦은 밥상머리
둘러앉아 기다리는 이들을 위하여
지금의 헛헛함이
파장의 시장에 마지막 봇짐을 싸며
주운 비늘 하나에
내일을 기약하고 있다

도마시장 37

자판기 커피 한 잔을 꺼낼 때
비껴서는 마음을 아는가
새벽 여운이 가시기 전 혹은
지리한 장마 끝자락 처마 끝에
웃음 같던 당신과 함께
오백 원짜리 시장 안 노점 커피는
웃음 없는 당신의 진심이다

흔들릴 때마다 쓰러지는 술병은
왜 그리 흐릿하게 보이는지
쏜 화살은 과녁을 향하고
덧없는 시간은 별을 품고 사는데
오늘 도마동에는
흔들리는 바람에 빈병의 소리만 들린다

좌판에는 꿈이 없어져 불빛을 드리우고
그늘진 마음이 건네는 마지막 잔은
슬프다, 당신의 눈길이 찰랑거릴 때마다

이른 어시장에 복면 속 시린 눈길이

포구를 향하듯

당신의 꿈길이 오늘이 입춘이라며 젖꼭지처럼 붉은 선

홍빛

매화꽃멍울 터지길 기다린다

도마시장 38

갸웃거리던 바람이 머물다 간 자리 눈에 티 들어갔네
한참을
그렇게 눈을 부비다 당신을 놓치고 만 자리
시장 팥죽집 앞 어제 그리 시리던 달은
오늘은 달무리진 언저리에서 웃고

언청이처럼 웃던 그날이 누군가 남사당패를 따라
떠나던 것처럼 지리한데 솔방울처럼
가시뿔은 없어도 무덤가 이름 없는 덤불 숲에
천자문 책을 덮고 누워 미주알고주알 하는 사이

달은 당신 집 마당에 내려서는 것을 도마시장 인근에
물회 잘하는 집을 찾아 배회하는데 당신도,
못내 가슴 한켠 서성였나 보다

도마시장 39

발치 끝에 서린 사랑을 버리지 마요
시장 안에서 먹고 사는 건
내리사랑
동박새 발자국에 지는 동백꽃대
사랑이 영원하길 바라듯
도마시장 새벽 낡은 자전거 위로
영근 햇살이 머물 때까지
낼모레 서울대 가는 아들을 위해
생선 파는 정씨,
흔들릴 때마다 흔들릴 때마다
아들 뒷모습 보며 허기진 오늘에 감사하네요

도마시장 40
— 계룡요

경계는 멈췄다 어느 한 시절

도요지에 작은 사금파리

고관대작 집 안방에 기품 있게 앉았다가

천년 영화의 증표로 지층에 묻힌 기억이었다가

어느 학자의 낡은 탐사기에 모습을 드러내

곰팡내 나는 연구실 벽면에

외로이 앉아, 봄볕에 졸다가

잠결에 문득 웃음보를 건드렸는지

웃다 말고 무지개 다리를 놓는다

오백 년 단잠이

비밀스럽게 기지개를 켜기를

도요지에 작은 사금파리

당초 문양도 웃고 문 밖에는 홍매 한 그루

질박하게 초벌 그릇에 들어앉아 보시를 하는데

봄비는 미련스럽게, 멈출 줄 모르네

도마시장 41

수목원 담장에 매달린 빗방울로 기억된다
애기 장미 노오랗게 입술을 떨던
봄날로 기억된다 그날도 일기를 쓰지 않았다
굽은 뒤축이 닳도록 마음을 조바심하며 걷던
땀이 흐르던 등을 곧추세우며
슬픔의 한켠을 보수하던 마음,
지천으로 피어야 꽃다지라고 말하지 않는다
비 오는 시장 미끄러운 한켠에
얼비치는 군상들의 흐름을
이제는 꽃다지라고 부르기로 한다
어느 한날 오늘 같은 날
젓가락 장단에 들이켜는 막걸리 한 사발에
녹두전 하나면 흐드러진 돌개바람의
봄볕을 그리워하지 않겠다
그들의 파랗게 질린 하루의 그늘을
외면하지 않겠다

도마시장 42

허공이 번지고 있어요 수채화 같은 이야기가 깃들어
길을 걷는데 눈물이 나요
어미의 이야기가 그렇고 아비의 사연이 그러했듯이
누군가 마지막 남은 시간을 같이 살자고
부탁 받은 적이 있는 사람의 이야기는
조금은 한적한 대숲을 걷듯 하고,

아플 때마다 풀잎처럼 빗방울에 몸을 일으키는
무거운 사랑을 잊지 못하고
오늘 허접한 하루를 누군가를 위해
목숨처럼 접으며 건넬 사랑가를 부르는 것은
자진모리, 봇물처럼 흐르는
살아갈 날에 대한 꼭꼭 눌러 쓴
살아남은 자들의 묵시록 같은 것,

그것이 바로 미래가 사는
도마시장 이야기

도마시장 43

바람이 지나가다 멈추고 휘도는 야채전
식은 도시락에 뜨거운 물을 부어 먹는
주름진 손등은 퇴락한 인간의 역사에 대한
희망이다

마음에 드잡이질하는 휘모리 장단에
쓸쓸한 저녁이 깃들면
파장의 시장에는 삼삼오오 주머니에 손을 깊게 꽂거나
가슴을 쓸어안은 이들이
허름한 도마시장 인근 주막을 찾는다

간절곳에 해 뜨듯이
쓸고 지나가는
뜨거운 국물에 말없이 유영하는
밥알이 건져질 때마다
첫잔에 사무치는, 첫잔에 사무치는
오늘이, 당신을 향한 나의 사랑이고
고백이다

도마시장 44

한여름 시장의 땀은 꿈의 비늘 같아서
간혹 이름 없는 이들의 웃음에
영글어 떨어질 때가 있었다

어느 족발집에 앉아
막걸리를 먹던 기억
치자꽃처럼 싱그러운데

굵은 눈썹의 한 사내가
멈춘 리어카를 밀어주며
'힘내시오' 한다

한참을 그러다 뒤를 돌아보며
눈이 마주치는데 도마시장은 그의
고향인 모양이다 웃는 것이

도마시장 45

비가 오면 지문이 벗겨진 천막 위로 가자미 눈길이
올라서 비설거지를 하고 구멍난 우비 속에
안개 같은 오늘의 삶의 결에
생채기가 깊다

남해 한적한 소로에 핀 벙긋한 홑동백처럼
웃는 야채전 남씨네 가게에 풍장 치른
파 몇 단이 팔려 나가며 비로소 근심이
씻기는 하루
잔돈은 받지 않기로 한다

도마시장 46

속 빈 하루 공중의 목어가 되어
유영하던 날
시장 안에 허름한 판잣집 한켠에
도다리쑥국,
울던 눈물이 차양막 위를 때리는
빗소리가 되었고

지리산 산청 자락에 매화멍울 벙긋
거리고, 돌아서는데 수인사 아쉬워
자꾸 룸미러 홀낏거리는데
밤새 울다 웃던 날, 밤사이
쑥향에 묻혀 유년의 추억이 간절하다
사람이 그립다

도마시장 47

코뚜레를 뚫듯이 생살을 찢어야
저리 고와지나 보다
이쁜데,
찔레꽃 아래를 지날 때
어지럽던 살내음이 문풍지를 울리던
바람같이 지나갔지
비 오는 날
먹먹하던 마음을 지나치는
행인들이 파전 하나에 둥그렇게 모여
양재기 잔에 빽빽주 한 주전자를
비웠다 그리움이 잦아진다
빗줄기처럼
문득 굵은 괭이 박힌
고무신 바닥이 악어 입처럼
닫혔다 떨어진다
목젖을 봤다
붉은 허기를 보았다
집을 향한

힘없이 향하는 걸음이 문턱에 걸렸다
간신히 넘어선다

도마시장 48

장을 보는데 꽃비에 얹은 물방울이
발 아래 흐를 때 어느 하늘거리는 연인이
딸기 바구니를 들고 지나갔다

비를 맞아도 꽃처럼 떨지 않아도
립스틱 같은 싱그러움이 벚꽃 그늘 아래
새 두 마리

날아 오른다 꽃비 속으로
선 굵은 눈길이 열린다

도마시장 49

꽃비 많이 오던 날
후두둑 눈길을 두드리던
라흐마니노프 피아노 협주곡
4번 혹은 5번
시장 한켠에 국밥 마지막 국물 같은
우중 속에 브람스 곡 같은
마음이었을 것이다

눈길을 마주하고 만나는데
떠나지 않는 기품이
잃은 기억 속의 잔해에
묵은 추억 같아서

폭풍이 오면 바다가 뒤집어지고
머지않아 만선의
달을 이고 오는 저녁 무렵까지
떠나지 못하고
훌쩍거렸네

도마시장 50

잠들지 않는 달은 시장을 거니는
포대화상의 배입니다

곱창전골 앞에 놓인 첫 잔을
든다는 것은
굵은 사내의 눈물 한 소끔처럼
이야기가 있다고,

물끄러미 섞이지 못하던
유년의 기억이
새잎으로 돋는데

길들여지지 않는 민주지산에
숨고르는 화살 같은
삼대 발복을 기억합니다

준비된 미륵이 기차 타고 내릴
그날을 기다립니다

도마시장 51

하루가 나뭇잎 위의 햇살 같다
어두운 길을 걷고, 꿈길을 서성이다가
서러운 한숨의 결이
잡히는 떠나는 자들을 기리는 하루,
시장 한켠의 세워진 리어카처럼 서서
빈 하늘을 얼비춰 바라보는데도

봄은 흐르는 것이다

도마시장 52

갸우뚱거리지 마요
웃음이 봄이 주는 덤 같잖아요
노오랗게 물든 주름진 손길에
민들레 물이 곱게 들었는데
디오니소스 같기도 하고
포대화상 같기도 하여
왠지 푸근하게 손길이 내어지는
하오에 당신을 향해
수제비처럼 물 위를 걸어가는데
당신 작디작은 음성으로
속삭이네요

안녕하시지요?

도마시장 53

산은 경계를 풀고 있었다 풀잎들은 바람의 결을 타고
시장에는 황량함만이 깃들인다
이름이 없이 성만 난무하는 노점에는
익숙한 눈길은 단골임을 안다
건네는 투박한 손길에 생명이 얹어진 까닭에
밥상에 얹어진 눈길들이 어루만질 때마다
낯익은 웃음이 실한 오늘을 전하기에
바다를 떠나 머문 시장에는
계절의 기억이 있다는 것
도마시장에는 아직 파장이 이르다

도마시장 54

　'그 사람 참 괜찮아' 하잖아요 그러면 도마시장으로
가봐요
　모두들 한결같이 푸른 웃음으로 지어 입은 채
　컵라면 김밥 오뎅을 먹으며 그냥 눈으로 말해요
　리어카 주인 남씨, 순댓집 뚱뚱한 아줌마
　찌그러진 양은 술잔에 막걸리 철철 넘치고
　그냥 뭐라 할 것 없이 '그 사람 참 소탈해' 하는데
　뭔가 허전하다

　그는 무슨 생각에 전통시장에 나타나
　실실 웃음을 걸며 손을 내밀고
　그들을 보듬을까?

　갈증난 그들의 마음을 읽었나 보지 하며
　바람이 등을 툭 친다

도마시장 55

아침에 문 열면 반 평도 안 되는 창을 여는 구두 수선
공
　김씨, 한때 시절을 같이 걷던 여름날 신록의 머릿결 같
던
　날들도 있었다고, 잊을 만하면 되뇌이고는 하는데
　물광 내는 손길이 힘이 없다

세월호 얘기를 더듬으며 시절 얘기를 하는데
딱히 할말이 없다 말마다 옳으니
'대통령 시켜도 되겠다' 옆에서 신문에 코 박고
슬리퍼를 신은 이도 얘기를 하고

바쁜 일정에 시계를 보는데
마른 하늘에 소낙비처럼 눈물이 난다
오일장마다 장마실을 도는
아버지 자전거 뒤에 앉은 어머니 생각에
성성한 잎들이 돋은 시장 한켠
물광 낸 구두코도 빨갛다

도마시장 56

돈이 거짓말하지 사람이 거짓말하지 않는다던 말이
사무친다 꽃들이 이리 하얗게 필 수 있다더냐
살포시 먹먹한 눈 감는 중에 이 꽃에 앉을
나비 수를 세다 잊어버렸다
물비는 한꺼풀 벗겨질 때마다
날아오를까
도마시장 지나다 팽목항을 만난다
아이 둘 자분대며 지나가는데
지나가는데 바다 내음이 난다

누가 미륵彌勒을 보았다 하는가?

김래호 1980년 『동아일보』 신춘문예 동화당선. 대전대 문예창작학과 겸임교수

"사대四大가 본래 공空한 것이니 소승이 보기에는 한 법도 얻은 바가 없사옵니다." 선종의 1대조인 달마대사가 세상을 떠나기 직전 제자들을 불러 모으고 그동안 배운 바를 말해보라고 명했다. 몇몇이 법석을 떨었지만 조종은 무반응이었다. 한데 도육이 사대 운운하니 표정이 환해졌고 이윽고 숨결을 고르면서 입적했다. 공으로 돌아간 색의 현현이었다. 그로부터 육조인 혜능은 '본래무일물 하처야진애本來無一物 惹處也塵埃'로 선학의 황금시대를 개창한다.

지수화풍地水和風— 불교에서 일체의 만물을 구성하는 것으로 여기는 아르케인데 도육은 이조차도 철저하게 부정해버렸다. 진여실상眞如實相— 과거와 현재, 미래의 삼

세에서 늘 변하지 않는 진리를 좇고자 지금, 여기를 버린 것이다. 하지만 사부대중은 이 땅과 물, 불과 바람으로 만들어졌고 동시에 그것에 의지해 이승을 산다. 물 머금은 대지에서 바람 맞으며 자란 온갖 생명들은 불을 만나 종당에 사그라지고 만다. 우주의 섭리는 사람은 생로병사, 동식물은 생주이멸하게 만드는 성주괴공인 것이다.

박재홍 시인의 시는 날것이다. 불기운에 데치거나 삶아 낸 시가 아니라 진여의 한 자락인 듯 비리고, 떫고, 시리고 하여 입맛에 거슬린다. 젖내, 꽃다지, 외다리, 날개, 먼지, 서슬, 여우비, 실핏줄, 봄눈, 꽃비, 쑥버물, 낮달, 쑥부쟁이…… 차지고 살가운 이런 맛을 정작 잊은 쪽은 박 시인이 아니라 우리들이다. 던적스럽고 칙살맞은 갈개꾼 넘치는 세상에서 대거리하며 살다보니 자신도 모르게 무명無明이 된 것이다. 그러나 박 시인은 낮고, 좁고, 느리게 살면서 애지중지 간직하고 보듬었던 그것들을 툭 던진다. 사람들은 그 시편을 덥썩 물지만 그저 뜨거운 감자인 양 뱉지도 씹지도 못하고 입만 벌리기 마련이다. 원래 자기 것이었지만 생경하고 낯선 생것들을 선뜻 이해하기 어려운 것이다.

메를로 퐁티는 '야생의 존재'인 날것은 언어로 표상되고 객관화되기 이전에 획득된 것으로 아직 말 없는 그대로 지각된 존재라고 했다. 급속한 산업화와 도시화, 물신화의 세기를 거쳐온 우리는 그 존재론적인 근원— 그 생

것을 복원해야 한다. 낡은 제도와 관습, 언어들 속에 망각되고 은폐된 자아를 찾아나서는 여정. 박재홍 시인의 시편들은 우리가 그 생래적 본량을 '삶고, 익혀' 폐쇄시키는 행위를 멈추기를 바라고 있는 것이다.

'시장은 축제와 같이 찬란한 빛이 출렁이고 시끄러운 소리가 기쁜 음악이 되어 가슴을 설레게 하는 곳이다. 온갖 인생이 넘쳐흐르는 변함없는 생활이 그곳에서 소용돌이 치고 있다.' 박경리의 소설 『시장과 전장』의 한 구절인데 짜장, 그렇다. '삶이 시들하면 시장에 가보라'는 말처럼 그곳에는 들뀐 사람들이 만물을 사고판다. 땅과 물, 바람이 기른 생명들이 도륙되어 불로 익혀진 것들과 일상용품들이 거래되는 것이다. 전쟁이 살아남기 위한 저항이라면 시장은 살아가기 위한 마당이니 다르지 않다.

박재홍 시인은 '도마시장'에서 전쟁처럼 살아가는 사람들의 이야기를 핍진성 높게 풀어낸다. 그것은 앞서 말한 '날것'에 대한 경외스런 믿음을 갖고 있기 때문에 가능한 언술이다. 밀폐되어 망연자실하는 현존재. 하이데거 식으로 '피투'— 던져진 그 이전의 세계를 엿본 시인은 '노천의 곰국과 팥죽집을 거쳐 쑥과 냉이, 돌나물로 온 봄과 동박새의 겨울을 보고, 그렇고 그런 어미의 이야기와 아비의 사연'을 선연하게 노래한다.

나는 박재홍 시인을 만나 대취한 다음날 새벽이면 어김없이 환이삼롱의 하이데거와 횔더린을 떠올린다. 하이데거가 '시인 중의 시인'이라고 극찬한 횔더린. 그는 횔더린을 고른 까닭이 그의 작품이 다른 작품과 마찬가지로 시의 보편적인 본질을 구현하고 있다는 뜻이 아니라, 시의 본질을 정면에서 시작詩作한다는 시인의 사명감을 지니고 있다는 그 뜻뿐이라고 했다. 횔더린은 만년에 「시원하게 번진 창궁 안……」이라는 시에서 "외디푸스는 아마 / 눈이 하나 더 있었겠지"라 읊었다. 하이데거는 이는 곧 시인 자신을 가리키는 것이라 분석하면서 '궁핍한 시간'을 제시했다. 가버린 신들과 다가올 신들이 교차하는 결핍과 방황의 시간이 바로 현실의 궁핍한 시간인 것이다. 하이데거에게 횔더린은 그 곤궁과 고통의 시간을 풍요롭게 하는 시인이다. 역사라는 시간을 앞질러 가는 시의 본질 중의 본질이 담긴 시는 눈이 하나 더 있는 시인만이 쓸 수 있다.

이를 우리식으로 치환하면 미륵 같은 시가 된다. 서럽고 속상하게 떠난 석가가 훗날 꼭 다시 오리라고 한 미륵. 도마시장 사람들은 '선물을 주는 포대화상'을 미륵인지 모르고 팔고사는 데만 열중한다. 그러나 박 시인은 계차 장정자— 그 미륵을 난전에서 시도 때도 없이 만나 이야기 나누느라 바쁘다. 미륵의 눈에는 시장 사람들 모두가 미륵으로만 보이기 마련이다. 종당에 우리 모두가 서로에게 미륵임을 일깨우는 박 시인— 그 역시 미륵임에 틀림없다.

미륵이 기차 타고 오는 날
— 박재홍의 '도마시장'에 부쳐

박덕규 시인·문학평론가

1. 도마시장의 포대화상

대머리에 찡그린 이마, 흐리멍덩한 눈빛에 늘어진 귀, 뚱뚱한 몸집에 축 처진 가슴, 크고 펑퍼짐한 배에 몸이 다 드러나 보이게 허술하게 걸친 옷…… 이런 모양새로 포대자루를 건 지팡이를 짚고 어기적어기적 걸음을 걷는 사내가 있다. 사람들이 말을 걸면 아무렇게나 말하고 사람들이 무얼 가지고 있으면 달라는 시늉을 해서 받아서 먹거나 자루에 넣는다. 어찌 보면 걸인 같고 어찌 보면 광인 같다. 어느 때는 포대에서 무언가를 꺼내 누군가에게 주고 있는데, 어쩐 일인지 그걸 받는 사람의 얼굴에 슬며시 웃음이 피어나고 있다. 이제 보니 사내는 꺼내 나뉘주는 데 아주 익숙하다. 게다가 누군가 궁금한 걸 물어보면, 대충 대답을 하는 듯한데 듣고나서 생각하니 모두맞는 말이다. 사람들은 그 사내를 포대자루를 메고 다니는 사람이라 해서 포대화상布袋和尙이라 불렀다. 이 포대화상에게 발복發福을 비는 이도 생겨났다. 포대화상을 미륵보살의 화신으로 여기는 사람도 많았다 한다. 아니나다를까 들리는 말에 포대화상이 입적하면서 중국 명주에있는 악림사의 동쪽 행랑 밑 반석에 단정히 앉아서 "彌勒眞彌勒 分身百千億 時時示時人 時人自不識"이라는 게송을 남겼다 하니, 이 말은 곧 "미륵, 참된 미륵이 몸을수없이 많이 나누어 때때로 사람들에게 드러내 보였으나사람들은 스스로 알아보지 못하였네."라는 뜻이다.

불가에서 전하는 포대화상 이야기를 듣고 있다 보면정말 우리 곁에 그렇듯 자주 모습을 드러낸 미륵이 있는데 우리가 알아보지 못하고 그냥 지나친 게 아닌가 생각해봄직하다. 어느 집 눈 맑은 아이가 포대화상의 못 생긴포대자루에서 선물이 자꾸 딸려 나오더란 얘기에 '포대화상은 산타크로스다!'라고 했다고 하니 그럴싸한 비유라 하겠다. 혹자는 시인 박재홍이 포대화상처럼 생겼다하는데, 실제 생김이 그러한 면이 있는 듯도 하다. 나아가 박 시인이 포대화상처럼 곤궁한 처지에 있는 사람들한테 가진 대로 다 나눠주는지 아닌지 잘 모르겠고, 누가어려운 걸 물을 때 허허실실, 느물느물하게, 마침내 "옳

구나!" 싶은 그런 말로 대답을 한 듯도 싶고 안 한 듯도
싶다. 어쨌거나 설마, 그가 미륵은 아니겠지. 대신 박 시
인은 포대화상 같은 사람을 많이도 알고 있어서 그런 사
람들 얘기를 많이 늘어놓기를 즐긴다. 그런 사람들이 어
디에 그리 많다고? 박 시인을 따라가 보면 안다. 생김은
포대화상 같고, 속은 미륵 같은 사람들이 많은 곳, 박 시
인이 안내하는 그곳은 대전시 서구 도마동에 있는 도마
시장이라는 재래시장이다.

2. 퇴락한 인간의 역사에 대한 희망

시장은 물건을 사고파는 곳, 그러니까 사고파는 사람
들로 들끓는 곳이다. 사람들은 이곳에서 자기가 가진 물
건을 내놓고 남이 내놓은 물건을 가져갔다. 처음에는 이
런 물물교환의 난전亂廛이 곧 시장이었다. 모이는 사람이
많아지고 내놓은 물건과 필요한 물건의 양적인 균형에
금이 가면서 그들이 사고파는 물건에 어느새 재화財貨로
서의 가치가 부여되고, 시장은 그 가치로 부를 축적할 수
있는 장소라는 의미를 더하게 되었다. 이에 따라 시장은
슈퍼마켓으로, 백화점으로, 대형마트로, 다단계 판매 루
트로, 사이버 장터로 그 모양새를 달리해 가면서 자본주
의 체제의 위력을 실증해 왔다. 인심도 달라졌다. 내놓은

만큼 가져가는, 너나 할 것 없이 부족하나마 서로 나눠
가지던 옛 시절의 인심을 어느 시장에서 볼 수 있단 말인
가. 아무래도 그런 곳은 시장의 원래 의미를 잘 지니고
있는 시골 장터 같은 곳일 테지. 박 시인에 따르면 그곳
이 어떤 재래시장보다 도마시장이라는 거다. 도마시장에
가면 그런 인심이 남아 있다는 것이다.

> 들어보셔요 가장 허기진
> 노천에서 국밥 한 그릇
> 팥죽 한 그릇이 지금
> 우리의 현재를 키워 놓은 DNA라면
> 찾아봐야죠 연어처럼
>
> 우리가 골목상권을 찾아보는 것
> 분유 먹고 자랐지만
> 젖내 그리워 품을 찾는
> 더듬질이라는
> 조금은 데면데면하던
> 어색함의 원근을 회복하는 길,
> 길은 마을에 닿아 있던
> 어느 시인의 말처럼
> 누구와 함께
> 그곳에 갈 것인가를

생각해 봅니다

  ─「도마시장 2」전문

  박 시인은 지금 우리가 이 삭막한 세속도시에서 이렇
게나마 인간다운 느낌으로 서로 살갑게 대하고 사는 게
우리 몸에 전해진 옛 인심의 DNA 덕분이란다. 그런데
그 고마운 DNA를 모르고 살다보면 그걸 영원히 잃어버
리게 되니 그걸 찾아나서야 한다는 거다. 그게 "젖내 그
리워 품을 찾는 더듬질" 같아 어색한 일이라 해도 잃어
버리지 않고 그걸 찾아봐야 한다는 거다. 그 인심의
DNA가 살아 있는 곳, 바로 "우리의 자궁 같은 시장"(「도
마시장 6」)이 바로 도마시장이다. 도마시장에 가면 "시장
을 거니는 포대화상의 배"를 보면서 "준비된 미륵이 기
차 타고 내릴 그날을"(「도마시장 50」) 기다리는 사람들을
만날 수 있다. 그 사람들이 우리에게 인심의 DNA, 사람
다움의 DNA를 전하는 '시장 한 귀퉁이의 진정한 한 사
내'(「도마시장 7」), 바로 포대화상이다.
  그들은 겉으로는 별스런 존재가 아니다.

  얼굴 가뭇한 파마머리
  가슴 타도록 주름진 손등에

      ─「도마시장 3」에서

141

에서처럼 장터에서 흔히 보는 사람이다.

> 한여름 시장의 땀은 꿈의 비늘 같아서
> 간혹 이름 없는 이들의 웃음에
> 영글어 떨어질 때가 있었다
> ─「도마시장 44」에서

그들이 비록 '이름 없는 이들'이더라도 그들 하루는 값진 땀, '꿈의 비늘'로 영근다. 그 외양, 그 '주름진 손등'은 '퇴락하는 인간'에게 오는 노쇠현상인 거지만, 거기에 그 인간의 "역사에 대한 희망"(「도마시장 43」)이 담겨 있는 거다. 박재홍의 '도마시장' 연작은 시장에서 퇴락해간 장터 사람들의 이야기이자 포대 가득 '내일의 기약'(「도마시장 36」)을 담은 포대화상의 현현顯現을 노래한 시편이다.

3. 이야기하는 쟁기꾼들의 시장

박재홍이 도마시장을 찾게 된 개인 사정은 잘 알 수 없다. 시장이 집 가까이 있어서일 수도 있고, 자주 다니다보니 익숙하고 정이 들어서일 수도 있다. 실제로 그에게는

살다가 억장 무너지면 한달음에 다다른 송광사 일주문 아
래

—「송광사 일주문」에서

에서 보듯이 '억장 무너'지게 하는 삶에서 자신을 건져
올리기 위해 찾는 곳이 따로 있기도 했다. "해갈되지 않
는 갈증"(「화엄」)으로 다가가는 산사도 있었다. '세 굽이
를 돌아 고향집 봉당 댓돌'(『2014 첫 매화』) 앞에 서 보기도
했다. "달을 품은 달항아리"(『달무리 1』) 속으로 마음을 침
잠시켜 보기도 했다. 그러나 그곳은 멀리 있었고 아마도
도마시장은 그보다 훨씬 가까이 있었나 보다. 또는, 백화
점과 대형마트가 도시의 시장 기능을 모두 앗다시피 한
세태에 그나마 전통시장의 면모를 유지하면서도 시쳇말
로 없는 것 빼고 다 있는 곳이 도마시장이었을 게다. 백
화점이나 대형마트에는 없는 그 어떤 것이 도마시장에
있기도 했을 것이다.

　그런데 우리는 여기서 도마시장에만 있는 그 어떤 것
이란 사실 시장의 내용인 사고파는 물건에만 국한되지
않을 거라는 걸 쉽게 짐작해 낸다. 돌이켜보면 박재홍은
도마시장에 가는 일을 단순히 '장보러' 가는 일이라 말
하지 않는다.

　오늘 누군가를 향하는

마음이 있는 자는
시장을 향해 나서시라
— 「도마시장 8」에서

시작하는 사람을 보셔요
신발 끈을 고쳐 매고 시선을 고정시키지요
누군가를 향한 마음의 시작이
선혈처럼 맺히려면
마음을 다잡고 또 확인해야 합니다
— 「도마시장 18」에서

영육이 무릎걸음으로 섬겨야 할 시작이
도마시장이다.
— 「도마시장 20」에서

  그동안 전통시장의 번잡에서 사람다운 향기를 느낀다
는 사람은 있었지만, '마음이 있는 자 시장을 향해 나서
라'고 말하는 사람은 없었던 듯하다. 시장가는 일을 '누
군가를 향한 마음의 시작'이라고 말하는 사람이라면 그
때의 시장은 뭔가가 있는 거다. 더구나 그 시장을 몸과
마음이 '무릎걸음'으로 가서 '섬겨야 할 시작'이라고 말
하다니! 시인은 시장가는 발걸음, 그 마음을 아예 '발화
점'(「도마시장 18」), '발원지'(「도마시장 17」)라고까지 했다.

시장가는 발화점에서 발원지인 시장을 향해 간 사람들, 그들이 모인 도마시장이니까 이는 특별한 공간이자 특별한 사람일 수밖에 없다.

'금강'의 대선배 신동엽은 '이야기하는 쟁기꾼들의 대지'를 펼쳐 쟁기질하는 농부들의 입으로 문명과 정치집단의 폭력성을 비판하고 땅에서 일하는 사람의 미래를 희원한 바 있다. 그 쟁기꾼들의 대화는 퇴보하는 역사를 깨치는 위대한 소리다. 이에 비해 박재홍은, 밭 갈고 쟁기질하는 사람들이 하나둘 모여들어 흉금 없이 서로를 열고 이야기하는 도마시장으로 '이야기하는 쟁기꾼들의 시장'(「도마시장 17」)을 펼쳐 보였다고 할 수 있다. 그들, 노동에 거짓 없이 몸을 바친 사람들이 모여 하는 숨김없는 이야기 속에 참다운 세상이 있는 것이다. 그들은 '문수 없는 벙거지 신발 같은 이야기'(「도마시장 36」)로 가족같이 웃고 떠들며(「도마시장 5」) "조금은 더 나은 내일을" 위한 꿈(「도마시장 9」)을 펼치고 있다.

도마시장은 이땅에서 노동하는 사람들의 참된 말들이 꾸밈없이 펼쳐지는 삶의 현장이다. 이 현장을 외면하는 건 내일을 위한 꿈을 버리는 일과 같다. 도마시장은 외면되어서는 안 될 오늘의 현실이자 나아가 우리의 '미래가 사는'(「도마시장 42」) 모습이다. 박재홍의 '도마시장' 연작은 이처럼 그 의미가 뚜렷하다.

4. 강을 거슬러 오르는 연어의 미학

도마시장 사람들이 가족 같다는 말을 보통 시인들의 흔한 복고주의로 이해해서는 곤란하다. 박재홍의 '도마시장' 연작의 남다른 점은 이로써 또한 새로워진다. 박재홍은 도마시장을 발원지라 했고 그곳으로 가는 길을 '연어가 거슬러 오르는 강물'(「도마시장 13」)이라 했다. 연어는 바다로부터 자기가 태어난 하천으로 역류해 가는 대항해로써 생의 절정을 이룬다. '도마시장' 연작에서 도마시장 가기는 인간다움의 원천을 찾아가는 길이었다.

도마시장은 내가 지금은 잃어가고 있지만 결코 잃어버려서는 안 되는 인간다움의 DNA를 보유하고 있는 곳이다. 그곳은 이미 앞서 '자궁' 이미지로 설명되었듯이 한편으로 자신의 심성과 육신을 발원시킨 곳, 즉 고향의 다른 이름이기도 하다. 또한 그것은 내게 몸을 주고 영혼을 불어넣어준 어머니의 다른 이미지이기도 하다. 박재홍 시에서 다양하게 변주되는 어머니 이미지는 이 '도마시장' 연작에 와서 포대화상의 나눠주는 마음이며 인간다움의 DNA를 간직한 원천이라는 의미와 조우하고 있다.

어머니의 마음을 불혹을 넘긴

어느 한날

만났다

　　　　　　　　　　　　　　　　　―「도마시장 19」에서

　　그는 어느 날 도마시장에서 고향에 가서나 아니면 마음속에서나 만나던 어머니를 본다. 그 어머니는 어린 시절 '나를 업어주던' 그 어머니다.

　　'나중에 이리 업어줄 거냐
　　우리 막둥이?'
　　마흔 지날 즈음 생각날 때마다 입에 담을 수도 없어
　　화단에 헛기침을 뱉는다
　　　　　　　　　　　　　　　　　―「도마시장 10」에서

　　시인은 도마시장에 와서 어린 날 어머니 앞에서 미래의 꿈을 다지던 소년으로 돌아가 있기도 한다. 시인에게 생명을 주는 어머니는 그 생명을 지켜내기 위해 온몸으로 막아섰다.

　　달뜨는 시간부터 제일 먼저 더위를 사주시던 어머니
　　웃으며 그 여름 뜨거운 열사의 고통도 마다않고
　　사주시던 모습이 지금은 멀다
　　　　　　　　　　　　　　　　　―「도마시장 13」에서

　　그런 어머니를 시인은 도마시장에서 만나고 있다. 어

머니는 도마시장에서 내놓고 파는 '팥죽 한 그릇' 속으로
와 있기도 했다.

> 팥죽 한 그릇에 어머니, 귀가 크고, 웃음이 맑은 사람이
> 될게요 그래서 더 이름 모를 풀꽃 같은
> 당신들의 쉬운 표현이 되어
> 눈발처럼 다가서며
>
> —「도마시장 7」에서

　어머니 앞에서 꿈꾸는 미래를 약속한 소년은 지금 불
혹이 되어 있다. 불혹이라면, 시인이 습관처럼 말하듯
'살아온 날 살아갈 날'의 날수를 거듭 따져보는 나이다.
살아온 날을 성찰하고 살아갈 날을 이제 더는 실수 없이
살아야 한다고 다짐하는 나이다. 도마시장은 그러니까
박재홍에게 어머니의 자리를 떠나 어머니의 시간을 성찰
하는 시공간이다. 그곳에 날 업어주던 어머니, 날 가르치
던 어머니, 나에게 오는 병을 온몸으로 막아주던 어머니,
그런 어머니가 재현되곤 한다. 때로 그 어머니 앞에 눈물
흘리기도 하고 새 삶을 다져 보기도 한다. 도마시장은 시
인의 과거이자 현재이고, 현재이자 미래다.
　그러나 여전히 세상은 각박하고 시장 인심은 날로 흉
포해질 것이다. 도마시장이라고 예외일 수는 없을 터이
다. 시인은 그것을 알기에 더욱 도마시장을 찾는 발걸음

을 딴 데로 돌리지 않는다. 그 걸음걸이가 결코 다급하지 않아서 그의 시 또한 날렵하거나 유창하지 않다. 도마시 장은 아직 느리게 느리게 변화하고 있는 것이며 시인은 그 느림 속에서 인간다운 인심을 확인한다.

> 기다리는 것은 겨울 철새가 언 강 속을 헤집는 발처럼
> 더딥니다 무언가를 향한 해갈되지 않는
> 갈증을 토대로 흐르는 강은 얼지 않아서
> 겨울 강 밑을 훑는 부리처럼
> 우리는 깨문 입술 사이로 조금씩 조금씩 점진적으로
> 희망을 향한 구호가 되어 나가는 아아
> 아침이 오는 미명 아래에 삼삼오오 모여
> 군무를 이루는 독도는 우리땅 플래시몹처럼
> 그렇게 만나는 또 다른 시장 앞에서
> 헐거운 등에서 흘러내리는 땀을 훔치며
> 손을 붙잡는 하루를 기다리고 있습니다
>
> ─「도마시장 21」 전문

박재홍의 도마시장 찾기는 살아 있는 포대화상 보기이며 어린 시절 어머니와의 만남을 통해 새 삶을 다지는 일이다. 세속의 변화가 하도 빨라서 도마시장도 변하고 시인도 변할지 모르지만, 그러나 시인은 결코 서둘지 않는다. '조금씩 조금씩 점진적으로 희망을 향한 구호'를 찾

아내는 그의 말은 투박하고 거친 채로 우직하고 순정적이다. 그는 진짜, 포대화상이 어느 날 슬쩍 모습을 바꾸어 미륵으로 나타날 날을 믿고 있는 것이다. 미륵이 기차 타고 올 그때 부끄럽지 않는 웃음으로 맞을 사람 그 누구일까. 우리 모두 그런 사람이 되자고 박재홍의 '도마시장' 연작이 느긋하게 말하고 있다. 그를 따라 도마시장에 가보자. 거기서 포대화상이 나눠주는 받아먹으며 내게 생명을 주고 세상으로 내놓은 어머니를 만나보자. 인간다움의 원천이 살아 있는 그곳에 있다 보면, 미륵진미륵, 진짜 이 세상을 조화롭게 구원할 미륵이 슬며시 모습을 드러내는 순간을 맞으리.

도마시장

1쇄 발행일 | 2014년 06월 05일

지은이 | 박재홍
펴낸이 | 정화숙
펴낸곳 | 개미

출판등록 | 제313 – 2001 – 61호 1992. 2. 18
주소 | (121 – 736) 서울시 마포구 마포대로 12 한신빌딩 B-109호
전화 | (02)704 – 2546, 704 – 2235
팩스 | (02)714 – 2365
E-mail | lily12140@hanmail.net

ⓒ 박재홍, 2014
ISBN 978 – 89 – 94459 – 42 – 4 03810

값 10,000원